This morning I **stubbed** my toe.

And that **shook** the chair ...

which scared the dog ...

who scared the cat ...

who **jumped** out of the window ...

and landed on a girl ...
who **dropped** her ice cream cone ...

causing a cyclist to **slide** off the road ...

and into a hive of bees ...

that **chased** an old man ...

who **jumped** into a pond ...

and **splashed** a surprised woman ...

who **tripped** and fell onto a see-saw ...

throwing a boy high into the air ...

who landed on a **crowded** bouncy castle ...

which sent kids **running** and **screaming** ...

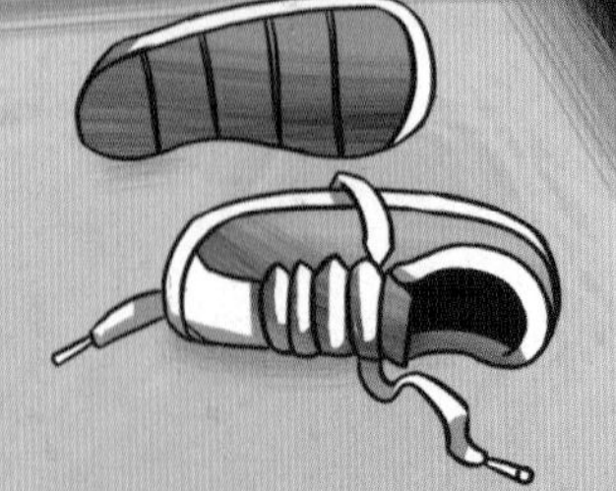

straight into the zoo ...

and scared the elephants ...

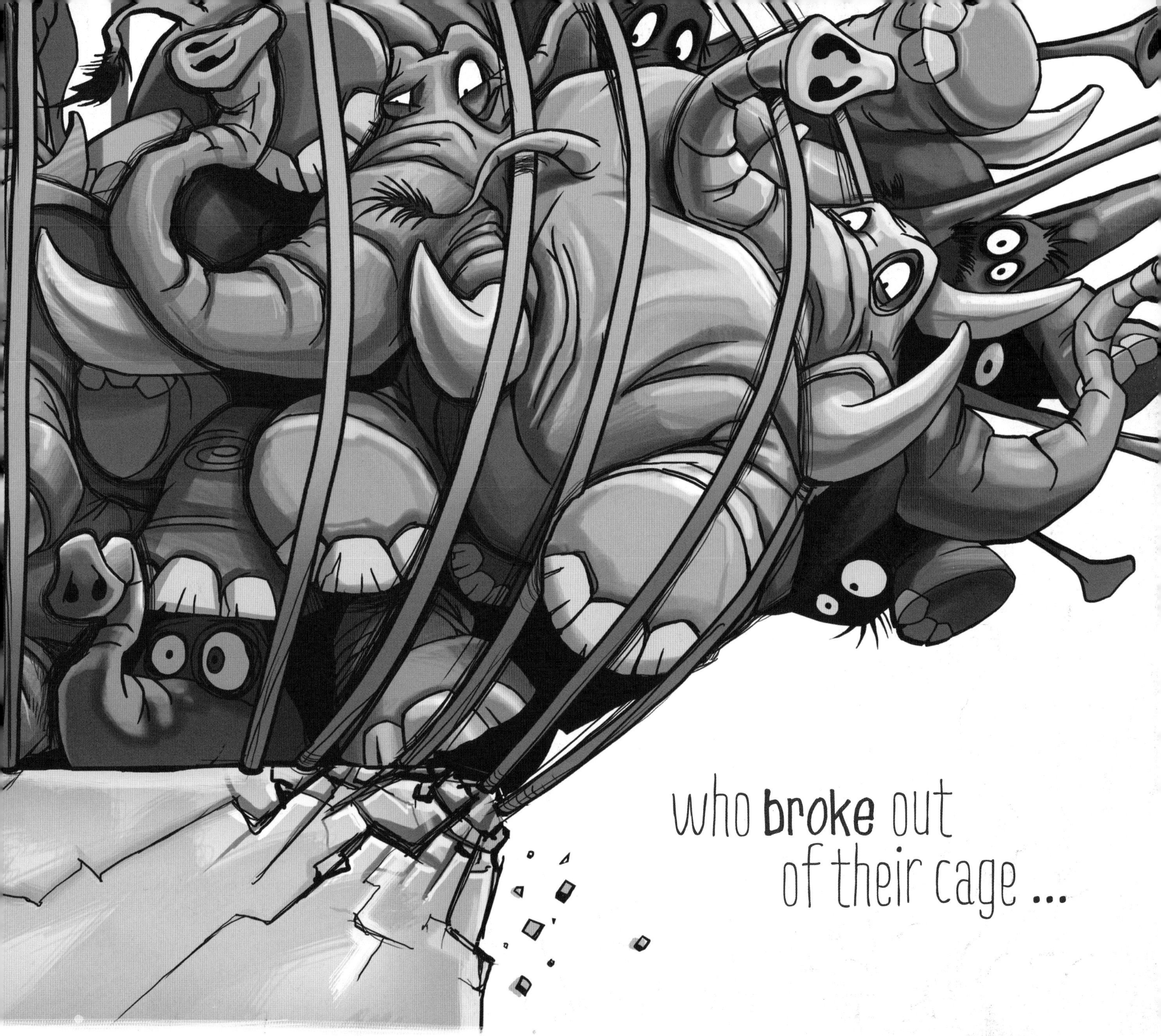

who **broke** out
of their cage ...

thundered down the road ...

knocked over an ice cream van ...

and sent **loads** of ice cream
right through my window ...

Wow! I'm so glad I **stubbed** my toe!

The end